LA

FARCE DE L'AN MIL

En deux Parties, et en Vers

*Une croyance était fort répandue au
moyen âge, que le monde devait finir en
l'an mil. Les prêtres exploitèrent cette
superstition en vendant à beaux deniers
comptant des places en paradis.*

P. Mérimée.

VERNON
Imprimerie V. Rousseau, 8, rue Garenne

1877

LA
FARCE DE L'AN MIL

En deux Parties, et en Vers

VERNON

Imprimerie V. Rousseau, 8, rue Garenne

—

1877

PERSONNAGES

—◇◇◇—

GOEL DE BAUDEMONT, rasé, sourcils épais. Il
est vêtu d'une tunique qui lui descend jusqu'aux genoux. Un glaive, large et court,
nommé *branc*, pend à son côté. Les souliers
sont retenus aux jambes par des bandelettes.
40 ans.

BAUDRI ou BALDERIK DE BRAY, frère de
Goel. Cheveux ras, longue barbe, petite taille.
Robe de bure, serrée par une corde.

PLACIDE, abbé. Chasuble et étole ; une crosse à
la main.

CHANTECLAIR, jongleur. Un bliaud usé et
rapiécé. Il traîne après lui un lourd bagage, où sont enfermés les costumes de
sa profession.

OLIBRION, sommelier. Un sayon écourté, avec
capuchon. Large face enluminée, ventre pro-
éminent.

KARLE, mercenaire au service de Goel ; visage
terrible, sillonné de cicatrices.

HELSWINTHE, femme de Goel, 30 ans. Robe à
courtes et larges manches ; un voile lui
couvre la tête.

LE CHOEUR DES PÉNITENTS.

UN SCRIBE.

CLERCS, HOMMES D'ARMES, PAYSANS.

---

*La scène se passe dans la chapelle du château
de Baudemont (Vexin normand), le 31 décembre
999, à dix heures du soir.*

PREMIÈRE PARTIE

LA FARCE DE L'AN MIL

—◇✕◇—

Une salle du château de Baudemont. Au fond,
apparaît la chapelle, lumineuse, et toutes grilles
ouvertes. Des gens aux allures contrites entrent
incessamment par la porte pratiquée à gauche.
Sur le devant de la scène, Goel accoudé à une
table, devant un broc à moitié vide.

—⁕⁖⁛⁖⁕—

SCÈNE Ire

*LE CHOEUR DES PÉNITENTS, invisible au
fond; GOEL, buvant près de la rampe*

LE CHOEUR

Pitié pour nous ! car voici l'heure
Où l'inaccessible demeure
Va s'ouvrir à la voix de Dieu.

Satan rit au milieu des flammes
Et pour sa grande chasse d'âmes
Durcit joyeusement l'épieu.

Le sang nous jaillit des paupières ;
Et nous avons usé les pierres
Du front, des mains, et des genoux.

Remords tardifs, faites silence !
Le bien seul pèse en la balance :
Voici l'heure ! pitié pour nous.

GOEL, *après avoir bu* (à part)

Satan vienne donc, et leur rentre
Toute leur psalmodie au ventre !
Ce vin lui-même s'en aigrit.
Sans mentir, j'ai perdu l'esprit
De tenir ouvertes mes portes
Aux interminables cohortes
De dolents et de larmoyeurs !...

Paraissent Karle et Olibrion.

SCÈNE II

GOEL, OLIBRION, KARLE

KARLE, *voulant compter une somme à Olibrion*

Six deniers, dis-tu?

OLIBRION, *refusant*

Sept. D'ailleurs
J'entends ici te les remettre
Espérant du souverain maître
L'entier pardon de mes péchés.

Ils veulent gagner la chapelle, inaperçus.

GOEL, *les appelant*

Holà! vous autres, approchez.
Où courez-vous d'un pied si leste?

KARLE et OLIBRION, *honteux*

A la chapelle.

GOEL, *railleur*

Malepeste?
De quelle ardeur on se repent!
Celui-ci, damné sacripant,

Le roi des bandits et des reîtres,
M'aura plus détroussé de prêtres
Que celui-là n'a bu de pots.....

KARLE et OLIBRION, *ensemble*

Messire, laissez en repos
Ce passé que je répudie !

GOEL

Fort bien joué la comédie ;
Allons ! ferme, au ciel ! mais d'abord
Vous m'allez emplir jusqu'au bord
Ce broc.

OLIBRION, *joignant les mains*

Quand l'heure est si proche,
Quand.....

GOEL

Venu de toi, le reproche
Réjouit fort et touche peu.

KARLE

Nous ne pouvons servir que Dieu.
D'ailleurs, messire, à la chapelle
La messe des morts nous appelle.

Karle exit.

GOEL, *se levant, irrité*

Comment ! Il sort ? *(A Olibrion)* Toi, reste ici !
On ne prendrait pas plus souci
De dom Goel donnant un ordre
Que d'un chien?... Soit, je saurai mordre,
Et gare au premier impudent !...

OLIBRION, *tremblant*

Messire Goel.... cependant....
A pareille heure....

GOEL

Tu répliques ?

OLIBRION, *à genoux*

Par les Bienheureuses Reliques
Veuillez m'entendre, mon seigneur !
A mes aïeux échut l'honneur
(Honneur dont tous ont été dignes)
De planter les premières vignes
Qui fleurirent en la comté.
Mon bisaïeul, sans vanité,
Sut bien désaltérer le vôtre,
Mon aîné frère, un bon apôtre,

Est mort écrasé sous vos fûts.
Enfin, on sait ce que je fus,
Comment j'ordonnai le vignoble ;
Et nous connaissions plus d'un noble,
Fin buveur et haut chevalier,
Envieux de votre cellier.

GOEL, *impatienté*

Grand merci du panégyrique,
Mais j'ai soif, et ta rhétorique
Vient là comme huile sur le feu ;
Allons, à boire, ou bien, morbleu !....

OLIBRION, *toujours suppliant*

Sire, écoutez-moi sans colère !
Jusques à présent, pour vous plaire,
J'ai hardiment mis de côté
Tout souci de l'éternité.
Mais aujourd'hui, le puis-je encore ?
La nuit qui n'aura pas d'aurore
Sur le monde éperdu s'étend.
Le jugement dernier, Satan,
Et ces récits sur la fournaise
Me mettant fort mal à mon aise,
J'ai grand hâte de revêtir
Le noir linceul du repentir !

GOEL, *à part*

A l'ouïr, malgré moi, je tremble.

OLIBRION, *voulant gagner la chapelle*

Adieu !

GOEL, *le retenant*

Nous rôtirons ensemble :
Tu n'espérais pas cet honneur ?

OLIBRION, *suppliant*

Vous êtes fraternel, seigneur,
Mais.... je....

GOEL, *avec une gaieté forcée*

Par les cornes du diable !
Crois-tu le ciel bien pitoyable
A ce repentir, fils bâtard
De la peur, et qui vient si tard,
Une heure avant la dernière heure !
Va, ton espoir....

OLIBRION, *vivement*

N'est pas un leurre.
De Bethléem au Golgotha,

Jamais le Christ ne rebuta
Un seul pécheur contrit....

GOEL, *même jeu*

       Peut-être
Mais moi, sans beaucoup m'y connaître,
Cher Olibrion, je prétend
Que tu sembles trop bien portant
Pour qu'à tes repentirs on croie,
Et qu'en dépit de la courroie
Dont tu gênes ton embonpoint,
Jésus ne te réserve point
Un siége au céleste conclave.

OLIBRION, *extatique*

Pour avoir fréquenté la cave
On n'en est pas moins chrétien ;
Mais abrégez cet entretien,
Au nom de la Trinité sainte,
Abrégez....

GOEL, *se levant, sombre*

     A parler sans feinte
Crois-tu l'instant bien solennel ?

OLIBRION

Si je le crois, sire Goel?
Mais le moyen de n'y pas croire
Quand, de saint Pierre à saint Grégoire,
Tous les pontifes ont parlé !
Votre esprit serait donc troublé
Au point d'oublier les miracles :
Ces inconnus prôneurs d'oracles,
Ce monstre apparu sur les mers,
Ces pleurs coulant en flots amers
Des yeux d'argent de la madone,
Ce soleil qui nous abandonne,
Vieux moribond aux yeux éteints;
Voilà des présages certains,
Et vous....

GOEL, *troublé* (à part)

La peste soit du drôle !

OLIBRION, *pressant*

Messire, encore une parole !
Considérez qu'autour de nous
On a vu plier les genoux
Aux chefs des maisons les plus hautes,
Humbles, ils confessaient leurs fautes

Les Hugo, les Richard, les Guy,
Braves qui n'ont jamais langui
Huit jours aux pieds d'une tourelle,
Gens de rapine et de querelle,
Au front d'acier, au cœur de roc,
Prenaient la cagoule et le froc,
S'exténuaient en œuvres pies,
Enrichissaient les abbayes
Et de religion confits
Vous dorlotaient des crucifix,
Eux qui brandirent les épées ;
Toutes richesses usurpées,
Retournaient en hâte au couvent ;
On jetait l'orgueil à tout vent,
Et sur le grand fumier du monde
La piété, plante féconde,
A merveilleusement fleuri !....
Mais ce n'est rien encor.... Baudri....

GOEL

Baudri ? Mon très-indigne frère ?
Celui-là serait téméraire
D'espérer que Dieu....

OLIBRION

Pourquoi non ?
Il fut un mauvais compagnon

Et vous ravit par félonie
Deux fiefs de votre baronie,
Mais qu'importe, puisqu'aujourd'hui
Il reconnaît ses fautes.

GOEL, *railleur*

Oui !

Je sais la plaisante aventure :
De prières il fait pâture,
Et va, le crucifix aux reins ;
Mais nargue de tels pèlerins,
Qui, sous leurs robes bien tirées,
Cachent les armes acérées
Dont ils vous frappent, maîtres sots !

OLIBRION

Il invite serfs et vassaux
A sa table, les rassasie
De viandes....

GOEL

Hypocrisie !

Mon frère est un adroit boucher,
Qui veut ses bêtes écorcher
Et de prime-abord les engraisse.

OLIBRION

Il congédia sa maîtresse :
La noble dame d'Hérouval.

GOEL

J'en use ainsi d'un vieux cheval
Que l'étape première essouffle.

OLIBRION

Enfin, messire....

GOEL

   Paix ! maroufle !
Que si, du royaume des cieux,
Baudri se montrait soucieux
Autant que tu le veux prétendre,
Il serait aux manants moins tendre
Et plus loyal envers les siens ;
Il me restituerait les biens
Qu'il me prit, à moi, chef de race ;
Il viendrait céans crier grâce...

OLIBRION, *suppliant*

Vous pardonneriez, n'est-ce pas ?
Jésus, à l'heure du trépas,
Pardonnait, et sur le Calvaire...

GOEL, *hautain*

Ton verre a-t-il choqué mon verre
Pour m'interroger là-dessus ?

LE CHOEUR, *dans la chapelle*

Parce Domine !

OLIBRION, *effaré*

Doux Jésus !

Je pars.

GOEL, *le retenant*

Olibrion, demeure !

OLIBRION, *de même*

Lâche-moi, messire, ou sur l'heure
Je te voue au feu de Satan.

GOEL, *intimidé*

Allons, triple brute, va-t-en !

Olibrion exit

SCÈNE III

GOEL, seul

Ça, je suis insensé, je pense ?
Ce néophyte à large panse
Déverse sur moi tout son fiel,
Je le retiens !.... Pauvre Goel !
En vain tu braves et tu railles,
La peur te saisit aux entrailles....
Car il n'a pas menti, le gueux !
Fronts hauts, esprits fiers, cœurs fougueux,
Ont tous fléchi sans résistances
Au joug d'airain des pénitences....
Moi seul.... Après tout, ai-je tort ?
Quand je fus partout le plus fort,
Je trouverais ici mon maître ?
J'accorderais à quelque prêtre
Ce que je refusais au roi !
Moi qui fis trembler, ai-je droit
De trembler à mon tour ?... N'importe,
Mon âme a beau faire la forte,
Elle faiblit comme herbe au vent !....
Que je vous enviai souvent,
O morts de nos luttes dernières,
Oubliés au fond des ornières

Ou perdus sur les océans !....
Au moins...

Il se lève, effrayé.

Mais qu'il fait noir, céans !
L'enfer !... Je le vois... Epouvante !
La flamme, sifflante et vivante,
Semble en rut autour des damnés !
Allons, plus d'orgueils obstinés !
Seigneur, je reprends votre route,
Je me soumets !

Au moment où il va se jeter à genoux, entre
Helswinthe.

SCÈNE IV

GOEL, HELSWINTHE

HELSWINTHE

Cher homme, écoute !

GOEL, *reprenant sa première attitude*

Encor toi ? C'est donc résolu ?
Tu m'espères prendre à la glu
Des caressantes mômeries ?
En vain tu presses et tu pries !
Je te l'ai pourtant assez dit,
Depuis deux ans que m'étourdit
Cette lamentable faconde,
S'il faut douloir en l'autre monde,
J'entends en celui-ci du moins
N'éprouver ni souci, ni soins.
Allons, sotte pleureuse, arrière !

HELSWINTHE, *avec une froide résignation*

Je ne viens pas rompre en visière
A ta superbe impiété,
Ce que sur elle j'ai tenté
Dieu le sait, et m'en tiendra compte.

GOEL

Alors, que me veux-tu ? Sois prompte.

HELSWINTHE

Dans la chapelle où nous prions,
Attendant les premiers rayons
Du jour, pour quelques-uns terrible,
Où Dieu nous doit passer au crible
De son infaillible équité,
Un homme soudain s'est jeté,
Par la porte basse, et sans armes.
Son remords faisait grands vacarmes,
Il t'implorait, criait ton nom,
Te l'amènerais-je ici ?

GOEL

Non !

HELSWINTHE

Mais c'est Baudri.

GOEL, *ironiquement*

Mon pieux frère ?
Je compte l'entendre, au contraire ;

2

Rien n'est plus risible ici-bas
Que ces beaux meneurs de sabbats,
Qui soudain font les bons apôtres,
Et marmottent les patenôtres
Du singe...

HELSWINTHE

Tu seras clément ?

GOEL

Ceci me touche seulement...
Introduis-le, sans plus rien dire.

SCÈNE V

CHANTECLAIR, GOEL

CHANTECLAIR, *arrivant par la porte à gauche
et sans voir Goel*

De la lumière ?... Je respire !
Voyant ce manoir grand ouvert
Et trouvant la bise d'hiver
A mon échine un peu brutale,
Sans vergogne ici je m'installe.

Il jette son bagage à terre.

Allons, ma guenille, au repos !
Et vous, pauvres chers oripeaux,
Si fiers et si brillants naguère,
Comme on vous a fait rude guerre
En ces temps de remords soudains !
« Au feu, ces damnés baladins !
» Un jongleur ? Frappez, s'il avance !
» Tous ces gueux sont de connivence
» Avec Satan. Sus à l'esprit ! »

Apercevant Goel.

Sang Dieu ! Ce frère en Jésus-Christ
Que je négligeais, m'inquiète,

Tâchons de fuir le tête-à-tête...

*A ce moment entrènt Placide, Baudri et les gens
qui remplissaient la chapelle*

En quel antre suis-je tombé?
Des clercs... des femmes... un abbé...
Aux quatre coins une cagoule ?
Bah! je me perds en cette foule,
Et je hurle avec tous ces loups!...

Il disparaît au milieu des pénitents.

SCÈNE VI

Le précédent. PLACIDE, GOEL, BAUDRI, la foule

PLACIDE

Chrétiens fidèles, à genoux !
A genoux, Baudri.

> Tous s'agenouillent, excepté Goel.

GOEL, *regardant Baudri*

          L'insolence
A baissé bannière.

PLACIDE

          Silence,
Messire ! A deux pas du saint lieu,
Si près de la mort et de Dieu,
Il ne sied pas d'être farouche
Et d'avoir sans cesse à la bouche
Les propos hardis ou railleurs.
Cet homme t'est sacré, d'ailleurs ;
C'est un suppliant, c'est un hôte :
Il vient, à voix sincère et haute
Et suivi seulement des siens,
Confesser les crimes anciens ;

Entends-le d'une âme apaisée ;
Et la grâce, cette rosée
Si douce au cœur qu'a desséché
La malsaine ardeur du péché,
Sur toi s'épandra goutte à goutte.
Toi, Baudri, parle : Dieu t'écoute.

BAUDRI, *dans l'attitude des pénitents, aux piels de Goel*

J'ai nom Balderik. En naissant
J'étais aussi riche et puissant
Qu'un chevalier normand peut l'être ;
Vingt cités me nommaient leur maître
Et mon nom répandait l'effroi
Jusques en la duché du roi.
Bref, mon cœur s'enfla comme une outre,
Je crus vaillant de passer outre
A l'humaine et divine loi,
Je mis sous mes pieds toute foi,
Je brisai sans peur toute règle
Et m'abandonnai comme l'aigle
A mon jeune et fauve appétit !
Combien par mon fait ont pâti,
Combien tout bas m'ont dû maudire,
Las ! je ne saurais le dire.
Tous les matins, à travers champs

Je partais, et moines, marchands,
Sentaient mes rudes estocades ;
Qui tombait en mes embuscades
Devait ou payer ou mourir.
Et les carnassiers d'accourir,
Hurlants, et de me faire escorte !
Sourd aux avis de toute sorte,
Et narguant l'enfer et le ciel,
J'attaquai mon frère Goel,
Et je voulus dans mon audace
Arracher ce rameau vivace
De l'arbre antique des aïeux.
J'écrasai d'un talon joyeux
L'épi doré de sa récolte ;
Infatigable en ma révolte,
Je lui fus plus mauvais cent fois
Que le bandit au fond des bois
Ou le pirate en sa galère ;
J'ai même, — retiens ta colère, —
Levé mon œil concupiscent
Sur ta femme...

GOEL, *furieux*

Helswinthe à présent !

HELSWINTHE, *les yeux au ciel*

Pardonnez comme je pardonne !

GOEL, *de même*

Certes, c'est là se montrer bonne,
Et seule, une âme de chrétien
Peut s'accommoder aussi bien
De la traîtrise et de l'injure ;
Mais moi, qui suis damné, je jure
Que si tu demeures ici
Un instant encor, sans merci
Je te tuerai... Sors, et sois leste.

PLACIDE, *impérieux*

A Goel.   A Baudri.

Taisez-vous, messire ! Et toi, reste,
Et sois absous du Dieu vivant,
Puisque tu dotas un couvent
De cent acres, tant bois que vignes,
Puisqu'en toi j'aperçus les signes
D'un durable et sûr repentir,
Tu peux de ce monde sortir ;
L'autre, aux seuls élus accessible,
S'ouvre à toi. Quant à l'inflexible,
Son heure est prochaine, et Satan,
Plus inflexible encor, l'attend.

GOEL, *à part*

Satan ! ce nom me déconcerte !

PLACIDE, *à la foule*

Chrétiens ! la chapelle est déserte,
Que Dieu, quand l'heure aura sonné,
Y trouve chacun prosterné ;
Suivez-moi, chrétiens.

GOEL, *effaré*

Saints apôtres,
Ils s'en vont !... Attendez, vous autres,

A Placide.

Et toi, saint homme, écoute-moi.

PLACIDE, *à part*

Ah ! ah ! le voilà dans l'émoi.

GOEL, *de même*

Voyons, réponds-moi, le temps presse.

PLACIDE, *haussant la voix à dessein*

Celui qui mit tant de paresse
A s'écrier : « Je me repents !... »

GOEL, *l'attirant sur le devant de la scène*

Plus bas ! — Je lègue vingt arpents
De mes prés des rives de l'Epte
A ceux de ton ordre.

PLACIDE, *faisant signe à son scribe, qui note*
à mesure les donations

            J'accepte,
Mais Dieu voudrait...

      GOEL , *de même*

           Tu peux aussi
Regarder mes bois de Chaussy
Comme les tiens.

      PLACIDE, *même jeu*

         À Dieu ne plaise
Que j'y résiste, et j'en suis aise
Avant tout pour toi. Cependant...

      GOEL, *même jeu*

J'ai deux moulins près de Hodent,
Veux-tu qu'au reste on les ajoute ?

PLACIDE

J'offenserais Dieu, sans nul doute,
Si je n'en tombais pas d'accord
Avec toi.

GOEL

Que faut-il encor ?
Parle : mon âme plus chrétienne
N'a de volonté que la tienne.

Goel s'incline avec un air de soumission.

PLACIDE, *d'une voix éclatante*

D'abord, de ta haine vainqueur,
Il faut, des lèvres et du cœur,
Bannir tout mépris téméraire,
Pardonner à Baudri, ton frère,
Et le relever de ta main.

Goel va à Baudri, à qui il donne l'accolade.

Prends ensuite ce parchemin.
Mon scribe, âme où le zèle éclate,
Y dressa la liste en grand'hâte
Des pieux dons que tu nous fis ;
Lis attentivement, mon fils,
Et signe.

GOEL, *hésitant*

Crois-tu nécessaire ?

PLACIDE

Certes, ta bouche étant sincère,
Ce formalisme semble vain ;
Mais du monde jusqu'à la fin
Souffrons les lois et les usages :
Les saints livres, en maints passages,
Le prescrivent absolument.

Goel appose son sceau sur le parchemin.

GOEL

Est-ce tout ?

PLACIDE

Encore un moment.

Au peuple.

Ecoutez ! gens de cette terre,
Votre seigneur héréditaire,
Goel, noble et haut chevalier,
Vous forgea rude le collier.
Pasteur, dans votre bergerie,
Il a promené la furie

Des carnassiers ; mais aujourd'hui
Qu'un rayon de grâce est en lui,
A genoux il vous en demande
Un pardon sincère, et s'amende.

GOEL

Comment ? que dites-vous ? comment !
Que je leur demande humblement...
Vous êtes insensé, je pense.

PLACIDE

A ce prix est la récompense...
Mais vous restez là, tout surpris.

GOEL, *au comble de la colère*

La récompense est à ce prix ?
Eh bien ! je n'en veux pas, mon maître,
Entendez-vous ?... Un mince prêtre,
Porte-croix doublé de manant,
Pourrait commander maintenant,
Et de suffisante manière,
A des barons portant bannière ?...

En ce moment minuit sonne. Fracas d'orage. La
foule se précipite vers la chapelle en hurlant.

GOEL, *affolé*

Quelle est cette heure ?... Chacun fuit ?
Serait-il possible ! Minuit ?
Déjà, mon Dieu, déjà cette heure !
Restez, amis ; abbé, demeure,
Ne me quittez pas, par pitié.
Seul ?... Seul ?... Suis-je assez châtié !

Il gagne la chapelle en chancelant. — Chanteclair,
qui s'est dégagé de la foule, la regarde en pous-
sant un éclat de rire, et disparaît avec elle
derrière les grilles.

FIN DE LA PREMIÈRE PARTIE

DEUXIÈME PARTIE

LA FARCE DE L'AN MIL

Même décor que dans la première partie

SCÈNE Ire

CHANTECLAIR, *seul*

Malepeste ! quelle furie !
Moutons se ruant en bergerie
N'ont jamais tressauté si bien
Sous l'âpre morsure du chien.
La merveilleuse bousculade !
J'en veux rimer une ballade
Demain, — au réveil, — oui, demain,
Car, n'en déplaise au genre humain,
La terre se porte à merveille
Et souhaite, la bonne vieille,
Durer encor quelques cent ans !
Nous happer tous en même temps,

La tombe n'est point si goulue !
Voyez, d'ailleurs, blonde et joufflue,
La lune rire au fond du ciel
Du désespoir torrentiel
Qui les entraîna dans cet antre ?

Désignant le fond du théâtre,

Ils sont là, couchés à plat ventre,
Mécréant vil et fier baron
Heurtant le même sol du front ;
Des mauvais levains de la vie,
Haines, amours, orgueil, envie,
Rien n'a subsisté, qu'un regret :
« Quoi ! le grand juge est déjà prêt !
» Loin déjà, la dernière aurore !
» Sire Dieu ! que je vive encore
» Une année, un jour, un instant !
» Je serai vertueux autant
» Que je fus terrible naguère ;
» S'il le faut, je ferai la guerre
» Aux Turcs, et du matin au soir
» Fumeront, comme un encensoir,
» Tous les lointains champs de carnage ;
» Prends mon or, prends mon baronage :
» Je te les veux sacrifier ;
» Et, pour me mieux mortifier,
» J'épouserai toutes les filles

» Que je ravis à leurs familles
» Aux jours de mes déportements. »
Voilà les pieux sentiments
Que nourrit la damnée engeance ;
Si Dieu diffère sa vengeance
Et lui laisse quelque répit,
Le vice, un instant assoupi,
Reprendra de nouveau carrière ;
La bouche où mourait la prière
Se rouvrira pour le juron ;
Et le parjure, et le larron,
Retroussant le cilice aux manches,
Prendront de subites revanches
Sur la très-dolente vertu.

Chanteclair regarde un instant par les grilles de la chapelle.

Mais plus rien là-bas... Tout s'est tu...
J'en vois que le doute pénètre,
Se rapprocher de la fenêtre,
Jetant un coup d'œil hasardeux ;
Une ombre s'avance... puis deux...
J'ouvre les yeux et les oreilles
Et me cache : à fêtes pareilles
On ne se trouve pas souvent !

SCÈNE II

CHANTECLAIR, inaperçu; KARLE, OLIBRION,
venant chacun d'un côté opposé et sans se voir.
La nuit profonde se dissipe peu à peu.

OLIBRION, *à part*

Tant pis ! je mets le nez au vent...
Tout paraît comme à l'ordinaire,
Plus d'ouragans ni de tonnerre,
Pas d'archange sonnant du cor
Aux sept coins du ciel... Rien encor !
Ai-je en vain songe ou sotte idée ?
L'heure est-elle donc retardée ?
Qui sait ce que le ciel nous veut ?...

KARLE, *à part*

J'eus fière peur, j'en fais l'aveu,
Quand j'entendis dans les ténèbres
Tinter ces douze coups funèbres ;
Mes dents claquaient comme un fouet
Et ma pauvre langue avouait
Des crimes dont le mauvais ange
Aurait tressailli... C'est étrange,

Je me sens plus calme à présent,
Les étoiles vont pâlissant
Et le haut des monts s'illumine :
Montrons au jour vaillante mine.

OLIBRION, *effrayé*

On a parlé tout près d'ici...

KARLE, *effrayé*

Ciel !... un bruit de pas... mon souci
Renaît, et voilà que je tremble.

OLIBRION, *de même*

La voix se rapproche, il me semble...

KARLE et OLIBRION, *ensemble,*
et toujours sans se voir

Je fuis sans retard.

En courant ils se heurtent et tombent aux genoux
l'un de l'autre.

Pardonnez !

CHANTECLAIR, *riant* (à part)

Voilà mes drôles nez à nez !

OLIBRION, *après un moment de stupéfaction.*
et tâtant Karle

Karle !

KARLE, *de même*

Olibrion !

OLIBRION, *se relevant*

L'algarade

Est plaisante.

Prenant le bras de Karle, et à mi-voix

Or ça, camarade,
Que nous pressent ton flair subtil ?
Le soleil reparaîtra-t-il,
Ramenant calme, espoir et joie ?

KARLE, *regardant*

Le voilà qui là-bas rougeoie.

OLIBRION

Et ces grandes calamités
Que sur nous, et de tous côtés

Dieu lâchait, meutes vengeresses :
Pestes, famines, sécheresses,
Les verrons-nous finir enfin ?

KARLE

Sans être prophète ou devin
J'en ai pressentiments intimes.

OLIBRION

Alors nous fûmes les victimes
De peurs burlesques et d'effrois
Inconsidérés...

KARLE

Je le crois.

OLIBRION

Fort bien ! Mais en bonne justice,
Comme il sied que nul n'en pâtisse,
Et qu'on restitue à l'instant
Les dons faits en peur de Satan ;
Je te connais trop honnête homme
Pour ne point me payer la somme

Que tantôt je t'abandonnai,
Jugeant, en mon esprit borné,
Notre fin irrémédiable.

KARLE, *ébahi, et se sauvant*

Moi ! te donner un sol ? Au diable !

OLIBRION, *le poursuivant*

Tu me paieras ou je prédis
A ta longue échine...

CHANTECLAIR, *prenant à dessein une voix*
terrible

Bandits !

Karle et Olibrion disparaissent épouvantés.

Les hardis gars, qu'un mot effraie,
Et qui fuient comme si leur braie
Logeait l'enfer et ses sabbats !

Il regarde à travers les grilles de la chapelle.

On grouille, il me semble, là-bas ?
Je redoute quelque tempête :
Goel a relevé la tête
Et fait rage contre l'abbé.

Le pauvre saint homme embourbé
Aurait grand besoin qu'un miracle
Le vint tirer de la débâcle,
Et remettre en meilleur chemin...
Si j'osais lui tendre la main !

SCÈNE III

PLACIDE, CHANTECLAIR, caché

Le peuple veut suivre Placide, qui sort de la chapelle.

PLACIDE

Ne m'accompagnez pas, vous dis-je !
L'apôtre annonçant qu'un prodige
Doit flamboyer au firmament,
Pour l'observer plus sûrement,
Je monte à la haute guérite
Du veilleur. L'autel vous abrite
Du déchaînement infernal :
Restez-y jusqu'au grand signal
Et priez.

Le peuple hésite un instant, et rentre en tumulte.

La belle équipée !
Par ce fanfaron détrompée,
Cette foule va regimber
Et ne se voudra plus courber
Sous les verges apostoliques !
Plus de châsses, plus de reliques,
Et plus d'ex-voto, désormais !
Et ces âmes que j'enfermais

Au filet des célestes craintes.
Fuiront toutes, libres d'étreintes,
Et Satan les pourra saisir.
— La voix de Goel... J'ai désir
De fuir aussi...

CHANTECLAIR, *à part*

Plus de réserve !
C'est l'instant d'exercer ma verve :

S'avançant vers Placide.

Messire abbé, je suis jongleur !...

PLACIDE

Au diable !

CHANTECLAIR, *continuant*

Et voyant ton malheur,
J'y veux porter quelque allégeance.

PLACIDE

De ta part c'est grande obligeance ;
Mais bonne cause a bons soldats.

CHANTECLAIR

Abbé, ne me méprise pas :
Jésus ne méprisait personne.

PLACIDE, *l'examinant*

Par les saints ! la réplique est bonne.
Or ça, mon subtil compagnon,
Tu vaincrais pour nous ?

CHANTECLAIR

      Pourquoi non?
J'endossai, dès mon plus jeune âge,
La peau de divin personnage ;
Je représentai bien souvent
Lucifer, corne et queue au vent ;
Nul en Saint-Michel ne m'éclipse ;
Quand je jouais l'Apocalypse,
Les hommes n'osaient m'approcher
Et je fis un jour accoucher
Trois filles — qu'on réputait sages.

PLACIDE

Mais ta voix, en bien des passages,
N'a rien de lugubre.

CHANTECLAIR, *joyeusement*

Allons donc !
Quand résonne mon faux bourdon,
Pareil, en ses notes étranges,
A la trompette des archanges,
On voit, du zénith au nadir,
Les morts de leurs linceuls bondir ;
Comme un tonnerre ma voix roule...

PLACIDE

J'entends se rapprocher la foule
Et Goel, qui montre les dents :
Abrège un peu.

CHANTECLAIR, *très-vite, en montrant son
bagage de baladin*

J'ai là-dedans
Les cornes et le manteau sombre ;
J'apparais tout à coup dans l'ombre ;
Et les méchants gonflés d'orgueil
Disparaissent en un clin d'œil,
Comme au grand soleil fond la glace.
Je te cède ensuite la place,
Ayant, par ce tour de renard,

Satisfait d'abord à mon art
Et servi la cause céleste.

PLACIDE

Ils viennent, te dis-je : sois leste.

Chanteclair s'esquive, traînant son bagage. Arri-
vent Goel et les pénitents, avec de confuses
rumeurs.

SCÈNE IV

PLACIDE, GOEL, BAUDRI, LE PEUPLE, puis
CHANTECLAIR, en Satan

GOEL à *Placide*

Un mot d'entretien, s'il te plaît ?

Il lui saisit le bras.

Pauvre égreneur de chapelet,
Sais-tu que c'est chose hardie
De jouer telle comédie
Avec un seigneur de haut lieu ?

PLACIDE, *très-calme*

De ce que le Souverain Dieu,
Usant de clémence infinie,
Retarde l'humaine agonie,
Tu rassures déjà ton pas,
Pauvre fol, qui ne comprend pas
Que le Maudit est là, qui veille.

GOEL, *ricanant*

Le Maudit ! Encor ? C'est merveille !
Abbé, dès qu'on a fait abus,
Les meilleurs chevaux sont fourbus.

Satan ? Ce nom me met en joie !
Mais qu'on lui parle, qu'on le voie,
Et sur son visage noirci,
Cette main...

CHANTECLAIR, *surgissant, en Satan*

Qui m'appelle ici ?

A cette apparition, les assistants, à l'exception de
Placide, se jettent la face contre terre

Qui me réclame ? Nul ne bouge ?
Je suis prêt pourtant. Le feu rouge
A faim de chair et soif de sang.
Les démons, autour s'empressant,
Lui promettent larges curées ;
Depuis cinq mille ans préparées,
Les tenailles, par tout l'enfer,
Entr'ouvrent leurs gueules de fer ;
Je tiens en réserve en mon gouffre
Des tourments dont toujours on souffre,
Et dont jamais aucun n'est mort ;
Je m'acharne comme un remord ;
Je broie, écartèle et consume ;
A qui m'implore, blanc d'écume,
Je montre ouvert un coin du ciel
Et je ricane... Allons, Goel,
Es-tu prêt ?

GOEL, *la face contre terre, et râlant*

Grâce encor !

PLACIDE *à Goel, et se plaçant entre lui et*
Chanteclair

Bravache !
A sa griffe il faut qu'on t'arrache,
Mais non sans te punir, pourtant ;
Je te chasse d'ici... Va-t-en !
Fuis sous le ciel avec la nue :
Couvert de boue et tête nue,
Vole aux chiens leurs os ; sois jaloux
De la maigre chère des loups ;
Trois fois malheur à qui t'accueille ;
Roule aux bourbiers comme la feuille ;
Sue, et grelotte, et tends la main.
Balderik, ton frère germain,
Qui devant nous a trouvé grâce,
Est désormais chef de ta race ;
Tu n'as plus de nom, tu n'as plus
De biens : tous lui sont dévolus.
Mais toujours sous réserve expresse
Qu'il nous défende, et qu'il engraisse
Les sillons arides de Dieu !
Fuis sur l'heure.
                              Goel sort, terrifié.

A Chanteclair.

Toi, roi du feu,
Regarde la croix trois fois sainte !

Chanteclair disparaît.

A Helswinthe.

Le cloître te réclame, Helswinthe.

A la foule.

Et vous, incrédules, si prompts
A relever au ciel vos fronts,
Noyez-vous en larmes amères :
Les heures coulent, éphémères,
Au vaste gouffre du tombeau.

Tous se retirent dans la chapelle, la tête basse.

———◁◇▷———

SCÈNE V

PLACIDE, CHANTECLAIR

CHANTECLAIR, *triomphant*

Eh bien ?.

PLACIDE

Tu t'es montré si beau
Et d'attitude et de langage,
Qu'il te faut prendre ton bagage
Et me suivre en hâte au couvent.

CHANTECLAIR, *stupéfait*

Te suivre ? Par le Dieu vivant
C'est me faire faveur insigne,
Mais...

PLACIDE, *avec autorité*

Silence ! ou je te désigne
A la colère de ces gens :
Tu sais s'ils sont fort indulgents
Pour les baladins et la clique
Des sorciers.

CHANTECLAIR, *effrayé*

Je viens sans réplique...

PLACIDE, *avec bonhomie*

Chez nous, d'ailleurs, tu pourras,
Franc de soucis et d'embarras,
Narguer les règles établies ;
A l'heure de Vêpre ou Complies,
Dormir le bon sommeil du loir
Et promener ton nonchaloir
Entre la cuisine et la cave ;
L'intendant sera ton esclave,
Mais je te veux là, sous la main:
Que les barons de grand chemin
Osent nous venir chanter pouille ;
Que messer Goel nous dépouille
Des dons à sa peur arrachés ;
Que, lourd d'écus et de péchés,
Un autre à s'amender hésite,
Tu leur fais brusquement visite,
Et tu les confonds, empruntant
Les traits de Christ ou de Satan.
Je dresse avec toi ces pipées
Où les foules toujours dupées
Se laissent prendre par foisons :

Miraculeuses guérisons,
Visions, voix du ciel venues,
Saints prenant part aux plus menues
De nos affaires... Est-ce dit ?

Sur un signe d'assentiment de Chanteclair,
Placide sort.

—◦◇◦—

SCÈNE VI

CHANTECLAIR, *s'apprêtant à suivre Placide,*
son bagage sur l'épaule

J'en demeure tout interdit !
Ma foi, vive la jonglerie !
De maigre bête endolorie
Que j'étais hier, me voilà
Le commensal d'un haut prélat,
Cajolé comme une maîtresse,
Sûr de protéger ma paresse
De la pluie et des vents du nord,
Et puis... qui sait?... après la mort,
(Car j'attends tout de ce bon prêtre)
Qui sait?... canonisé, peut-être !

FIN DE LA DEUXIÈME PARTIE

APPENDICE

PAGE 9.

Votre esprit serait donc troublé
Au point d'oublier les miracles,
Etc.

Tous les chroniqueurs du xe siècle parlent des
prodiges qui signalèrent l'approche de l'an mil.
Raoul Glaber nous rapporte qu'un monstre épou-
vantable ravageait l'Océan; que les statues de la
Vierge et des saints pleuraient des ruisseaux de
sang, etc. (*Voir la collection des mémoires pour
servir à l'histoire de France, par Guizot.*)

PAGE 22.

Je crus vaillant de passer outre
A l'humaine et divine loi,
Etc.

L'histoire du moyen âge fourmille de ces nobles,
bandits avides et féroces, qui, pris de peur à l'an-

nonce du jugement dernier, essayaient de racheter
par des fondations pieuses toute une vie de rapines
et de désordres.

Page 38.

Et toutes ces calamités
Que sur nous, et de tous côtés
Dieu lâchait, meutes vengeresses :
Pestes, famines, sécheresses...

Les chroniqueurs contemporains nous donnent
là-dessus des détails effrayants. La culture du sol
était abandonnée; on se nourrissait de reptiles.
Quelques-uns allèrent même jusqu'à déterrer les
cadavres.

Page 42.

L'apôtre annonçant qu'un prodige
Doit flamboyer au firmament.

L'Evangile du xxive dimanche après la Pente-
côte, où la fin du monde est annoncée, dit « que
le signe du Fils de l'homme paraîtra dans le ciel,
etc., etc. »

Page 44.

J'endossai, dès mon plus jeune âge,
La peau de divin personnage.

Je représentai bien souvent
Etc.

Cette prétention de Chanteclair n'a rien de choquant pour la vérité historique. Le chroniqueur Raoul Glaber parle du jongleur comme d'un homme « habile à prendre diverses formes. » (*Collection des mémoires, trad. Guizot.*)

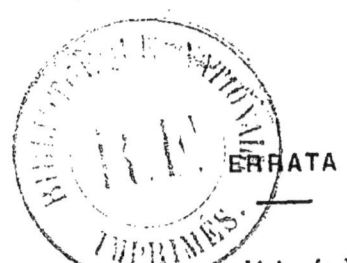

ERRATA

A la page où sont désignés les personnages, au lieu de « *la scène se passe dans la chapelle* », lire « *la scène se passe dans une salle attenante à la chapelle* ».

Page 10, au lieu de « *huit jours aux pieds d'une tourelle* », lire « *huit jours au pied d'une tourelle* ».